小道消息

①聽說花子小姐是一個超級大美女唷。

②這個傳聞流傳得很廣喔。據說，如果有人嘲笑名叫「花子」的女生，花子小姐可不會保持沉默。

●我們學校3樓的廁所，從門口數來的第3間，只要對著它喊：「花子小姐——」，裡面就會傳出很糗的聲音說：「沒衛生紙了～」，當你打開門，拿著捲筒衛生紙進去，卻會聽到：「不是兩層的柔軟衛生紙，人家不要啦——」接著你就會被花子小姐用那個捲筒衛生紙捲成木乃伊。

●在3樓的廁所上大號，一邊大喊著：「花子小姐一點都不可怕嘛！」結果馬桶就會變得不能沖水，讓人非常丟臉。

別看！別看！

●如果弄髒了那個傳說中住著花子小姐的馬桶，那麼，穿著和服的花子小姐會非常憤怒的現身，並且把那個弄髒馬桶的小孩留在學校，一整晚都讓他掃廁所掃個不停。

哦，原來花子小姐的鬼故事在學校是熱門話題呀。
咿嘻嘻嘻，聽到這些消息，真的好開心哪。

我——我我我——是怪傑佐羅力——

我們、我們——是伊豬豬和魯豬豬——

最近，佐羅力很瘋迷足球運動，迷得連建造佐羅力城堡這個夢想都忘了，一心只想組一支足球隊。

魯豬豬看著唱歌唱得忘我的伊豬豬，

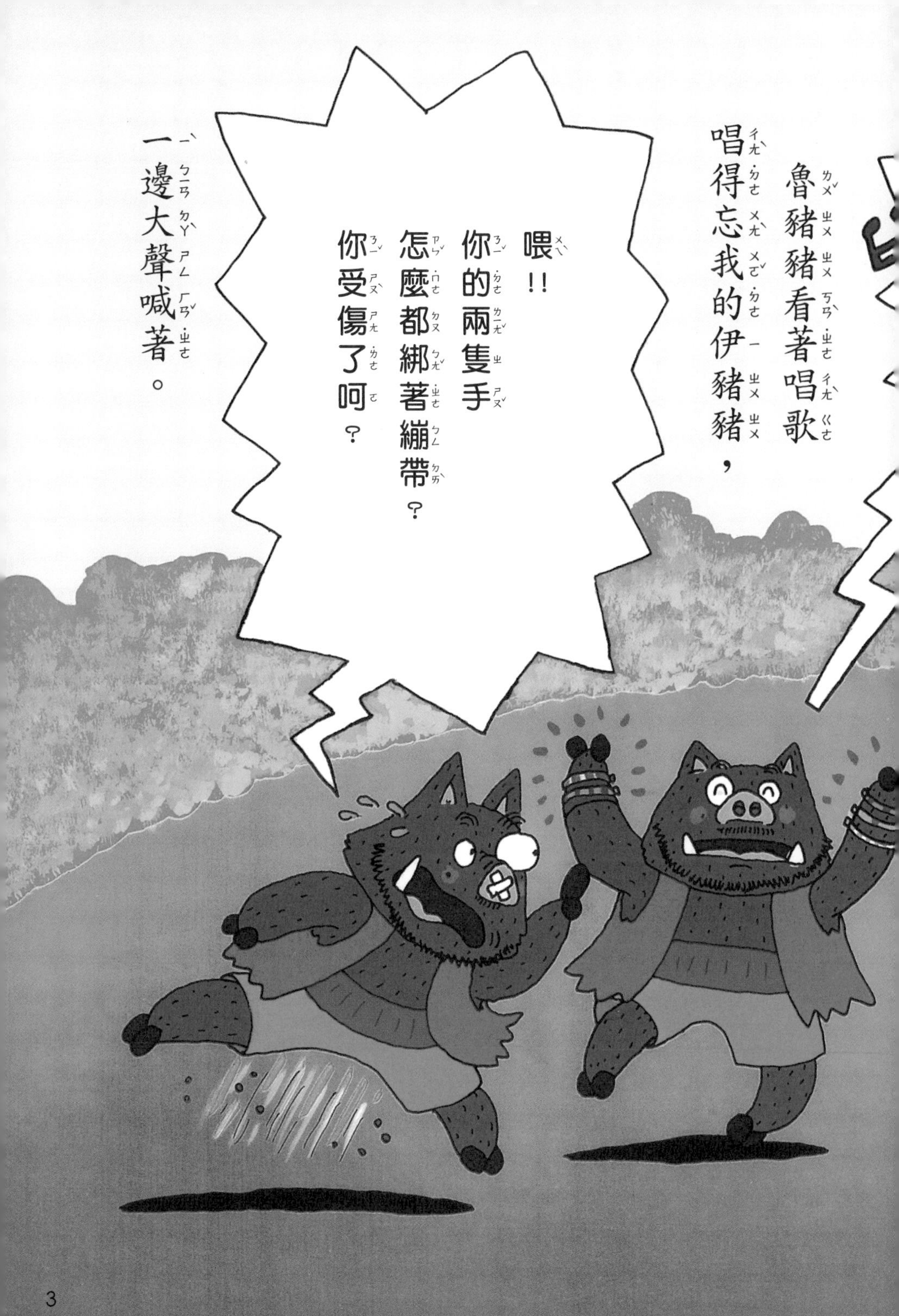
喂!!你的兩隻手怎麼都綁著繃帶？你受傷了呵？

一邊大聲喊著。

「嘿，這個不是繃帶啦，這叫做『幸運帶』，只要對它許下願望，再把它綁在手腕上，當它啪一聲斷掉的時候，

因為很貪心
伊豬豬的願望有六個那麼多!!
①能吃到像椅墊一樣大的美味漢堡。
②能吃到像西瓜一樣大的甜美哈密瓜。
③能吃到像臺北小巨蛋一樣大的紅豆麻糬。
④能吃到一整個浴缸那麼多的咖哩。
⑤能吃到像床鋪那麼大的巧克力片。
⑥希望其他的幸運帶快點斷掉。
太詐了吧！這條幸運帶特別細，根本就是故意要讓它快點斷掉嘛!!

願望就會實現呵。
佐羅力大師和魯豬豬
也用幸運帶
來許個願吧。」

伊豬豬說著，
將兩條新的幸運帶
分別遞給佐羅力和魯豬豬。

唔？那麼，這兩位到底
許了什麼願望呢？

魯豬豬對著幸運帶，
我最近不但掉了錢，還跌倒受傷，真是諸事不順哪。所以希望我的運氣能變好一點。拜託啦。
許下願望，並且把它綁在手腕上。
嗚一啊
咚

本大爺希望能夠
趕快組成一支
佐羅力足球隊，
並且靠著本大爺
一記猛力的頭球，
立刻進門得分！
佐羅力也
許下了願望。
正當他將幸運帶
綁在手上時……

附近小學的少年足球隊
正好練習完畢，從學校裡
走了出來。

「嘿，快看快看，
幸運帶好靈啊，
有足球隊來啦。
這說不定是神明在
對我們說『從那群小鬼頭
那兒，把足球偷過來，

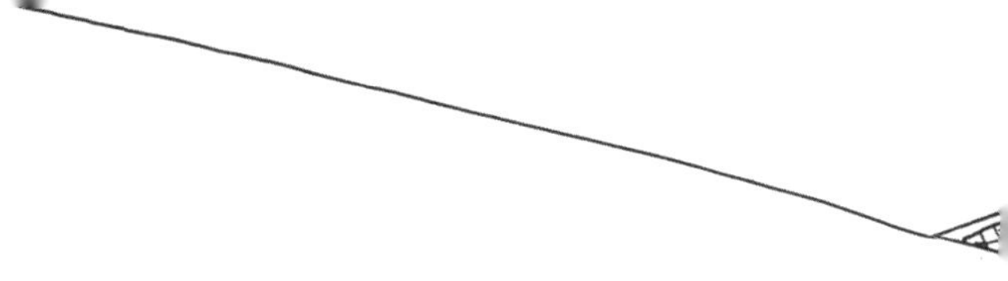

好好的練習練習吧。』」

佐羅力胡言亂語著，並和伊豬豬、魯豬豬躲進草叢中，等著那群小學生。

不過，當佐羅力一聽到那些孩子們的談話，腦筋又立刻從足球轉到別的地方去了。

那些孩子到底說了什麼？各位讀者，請你們也豎起耳朵仔細聽了。

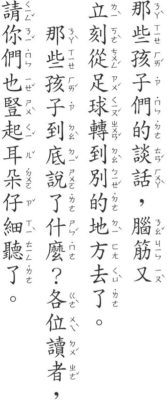

嘿，隊長，你知道我們的學校廁所裡，有幽靈出現嗎？
唔？一定是從膽小鬼那兒傳出來的吧。
啊！我知道那個故事，我來說給大家聽吧。

在學校三樓的廁所裡，
花子小姐——！
如果有人這樣喊著。
從門口數來的第三間那兒，
是—我
就會聽到像發著抖、令人感到很不舒服的回答聲。

但是，廁所裡卻一直沒人出來，讓人感到擔心而打開門看看，
卻發現裡面一個人也沒有。
打開門的人也會嚇得抖個不停。
聽說那裡住著很可愛的幽靈花子小姐，
要是看到了花子小姐，就會被詛咒、被糾纏。

咦？是這樣的故事呀。嗯，這正是個大好機會，可以讓大家看看我們足球隊有多勇敢。明天一大早，我們就去那間廁所查一查。我呢，還打算在第三間那兒尿個尿呢。
哇，真不愧是我們足球隊的隊長，好勇敢！
轉哪

伊豬豬和魯豬豬聽到「花子小姐」的傳聞，
嚇得抱在一起，全身打顫。
佐羅力卻完全不一樣。
「嘻嘻呵呵，好，就讓本大爺把那個傳聞
變成真的吧，好讓那支自以為是的
足球隊，嚇得連廁所也不敢去。
事情愈來愈好玩啦，
嗚嘻嗚嘻嗚嘻。」

已經有一陣子沒惡作劇的佐羅力，一下子精神大振，蹦蹦跳跳的朝向流傳著鬼故事的學校跑過去。

佐羅力他們潛入學校三樓的廁所。

明天早上，足球隊的隊員會來這裡調查花子小姐的傳聞。
我們就來假扮成花子小姐，嚇死他們吧。

那麼，我們得先練習一下才行，本大爺在這裡喊著：「花子小姐——」
他的意思是……
我有不好的預感。

魯豬豬，你躲在廁所裡面，盡可能用最恐怖的聲音回答說「是我」。知道了嗎？
嘎？我……我要扮花子小姐啊？
呼

一個人進到那種地方，會很可怕耶。
魯豬豬裝扮成女孩子的模樣，心不甘情不願的進去那間廁所裡。

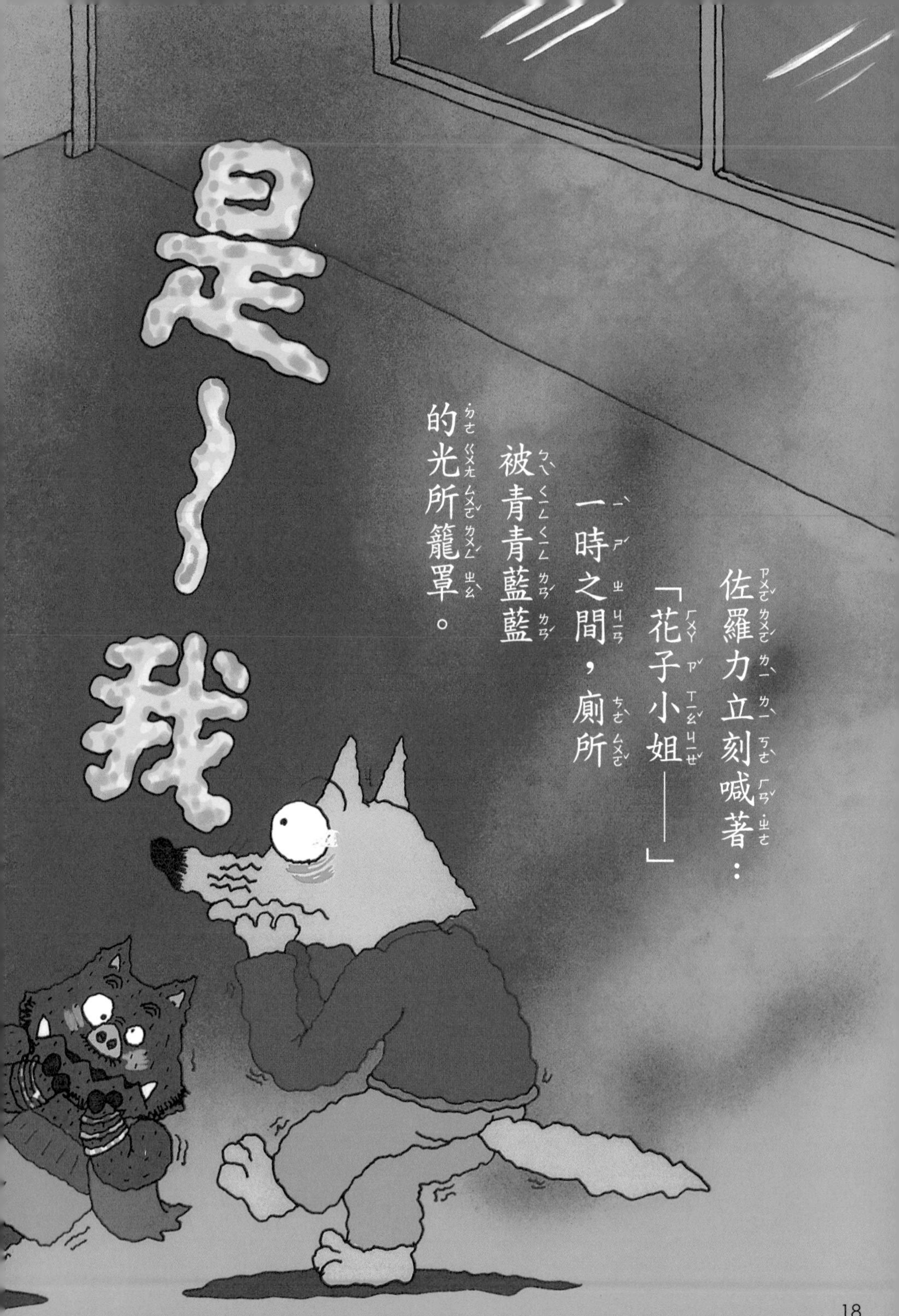

佐羅力立刻喊著：

「花子小姐——」

一時之間，廁所

被青青藍藍

的光所籠罩。

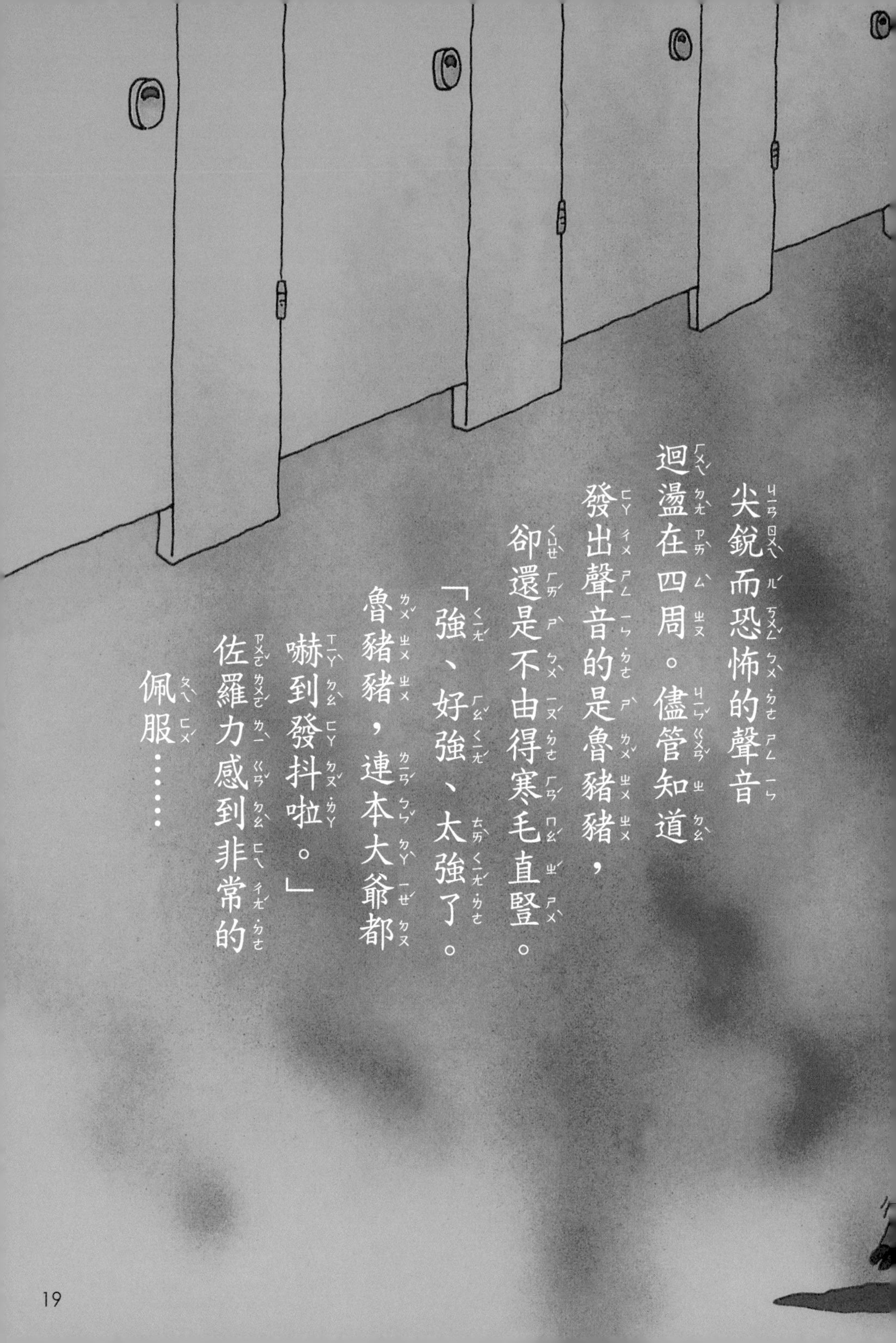

尖銳而恐怖的聲音
迴盪在四周。儘管知道
發出聲音的是魯豬豬，
卻還是不由得寒毛直豎。
「強、好強、太強了。
魯豬豬，連本大爺都
嚇到發抖啦。」
佐羅力感到非常的
佩服……

啪咚!!

魯豬豬連滾帶爬的
逃出了廁所。

「佐……佐羅力大師，
剛剛回答的人，不是我！
是從隔壁那間
傳過來的呀——」

魯豬豬的嘴唇都發紫了，全身更是抖個不停。

「什……什麼!!」
佐羅力從入口的
第一間廁所開始
數呀數，他盯著
第三間的門看。
這時——

那扇門發出令人毛骨悚然的
聲音，並慢慢打開。

三個人膽戰心驚的走進裡面一看，卻沒有看到半個影子。

難道傳言是真的嗎？本……本大爺雖然一點都不怕，但是時間已經晚了，花子小姐要是已經休息了，那就失禮啦。所以，我們還是就這樣悄悄的離開吧！

抖個不停的伊豬豬和魯豬豬非常贊成這個意見。

三個人輕手輕腳的走出廁所，然而，正準備要關門的伊豬豬……

花子小姐，深夜還來打擾您，真是抱歉——

卻非常有禮貌的鞠躬行禮，這下可糟了。

一被喊到名字，
花子小姐就……
是我——
佐羅力先生——
哇啊

充滿活力的從馬桶裡跳了出來。

佐羅力他們爭先恐後的朝著廁所大門逃了過去。

但是……

……大門前卻站立著一個黑影，擋住了佐羅力他們的去路。

佐羅力他們已經無路可逃了。

啊，再這樣下去，他們三人會不會被花子小姐附身，並且受到詛咒呢？

啪一聲!!

燈突然被打開了。

「佐羅力大師，好久不見。」

他們面前傳來了招呼聲。

「啊，你不是妖怪學校的老師嗎？」

佐羅力之前在妖怪學校很出名。

☆給在這裡初次認識妖怪學校老師的各位讀者們：只要各位讀了以下這本書，就會對這位老師有更深入的認識。

●怪傑佐羅力之恐怖的鬼屋

「你怎麼會在這裡呢？」

「這個嘛，因為我聽說，

孩子們為了

花子小姐的傳言

而嚇得半死。

我們身為妖怪，

就是靠著嚇人過活的，

當然不甘寂寞啦，

所以就……

讓河童們扮演花子小姐，
並將他們送往全國各地的
學校廁所裡。」
佐羅力轉頭一看，
果然看到濃妝
豔抹的河童，
全身溼答答的
站在那兒。
「我最愛嚇小孩了，

我就是現在扮演著花子小姐的河童——嘩啦啦。
①
○只要讓頭髮變長一點，看起來就像女孩子。
②
○就算藏在抽水馬桶的水裡也不會有問題。

選擇河童來扮演花子小姐的原因

嚇小孩好有趣啊！」

「嘿，太巧了。事實上，明天早上，有一群非常自以為是的少年足球隊隊員會來這裡。本大爺正想好好的嚇一嚇他們呢，怎麼樣，要不要幫個忙啊？」

「我們很樂意擔任後援(注)，來協助佐羅力大師。」

注 **後援** 也就是踢足球時，向帶著球的選手展開援助。在這裡是指協助佐羅力大師。

學校的廁所被改造成　這個模樣!!

妖怪們為了讓學校廁所變得更恐怖，

所以花費許多苦心改造。

如果要到這麼恐怖的廁所去尿尿，

還不如在教室裡尿褲子算了!!

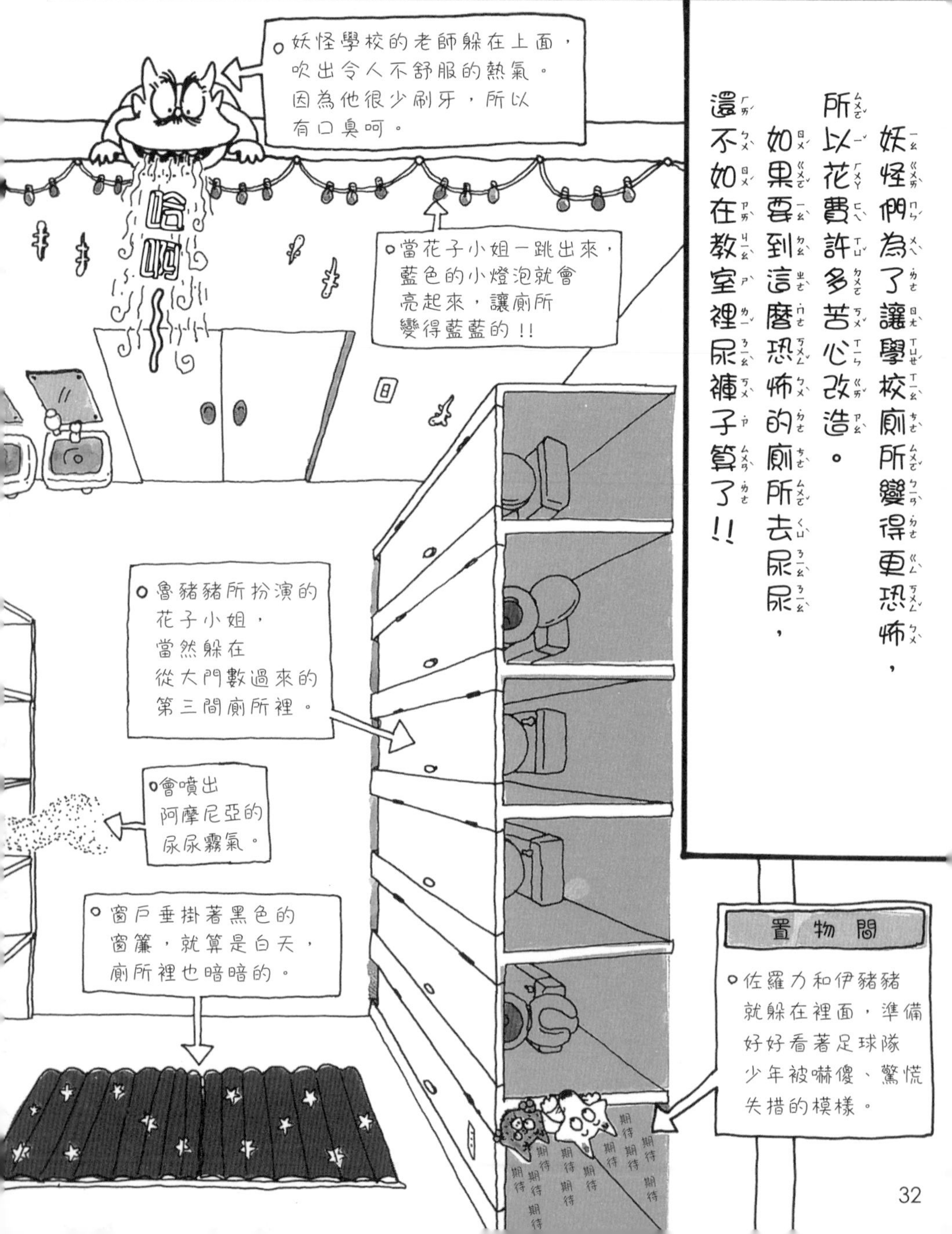

妖怪學校的老師躲在上面，吹出令人不舒服的熱氣。因為他很少刷牙，所以有口臭呵。
哈啊
當花子小姐一跳出來，藍色的小燈泡就會亮起來，讓廁所變得藍藍的!!
魯豬豬所扮演的花子小姐，當然躲在從大門數過來的第三間廁所裡。
會噴出阿摩尼亞的尿尿霧氣。
窗戶垂掛著黑色的窗簾，就算是白天，廁所裡也暗暗的。
置物間
佐羅力和伊豬豬就躲在裡面，準備好好看著足球隊少年被嚇傻、驚慌失措的模樣。
期待 期待 期待 期待 期待 期待 期待 期待 期待 期待

◎當然依照原定的計畫
由魯豬豬來扮演花子小姐!!

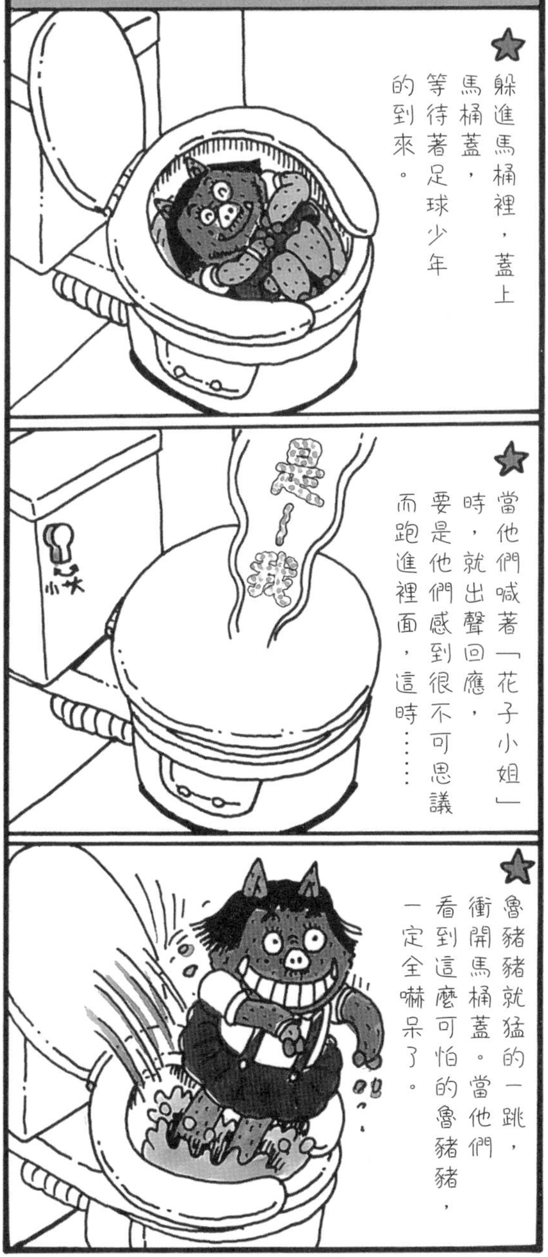

★躲進馬桶裡，蓋上馬桶蓋，等待著足球少年的到來。
★當他們喊著「花子小姐」時，就出聲回應，要是他們感到很不可思議而跑進裡面，這時……
是～我
★魯豬豬就猛的一跳，衝開馬桶蓋。當他們看到這麼可怕的魯豬豬，一定全嚇呆了。

○從收音機的卡帶裡傳出令人毛骨悚然的音樂。
○牆壁上貼滿了壁虎和蟑螂。
把捲筒衛生紙全部都拿走，便便之後，會發現沒有衛生紙可用。再也沒有比這更恐怖的事了呀！
嘻嘻呵呵。

第二天的早晨
終於來臨了。

足球少年們
在開始上課前，衝進了
三樓的廁所，說著：
「是從大門那邊數過來的
第三間嗎？」
「是的！隊長。」
「好，那我要喊了!!」
隊長用力
吸足了氣，

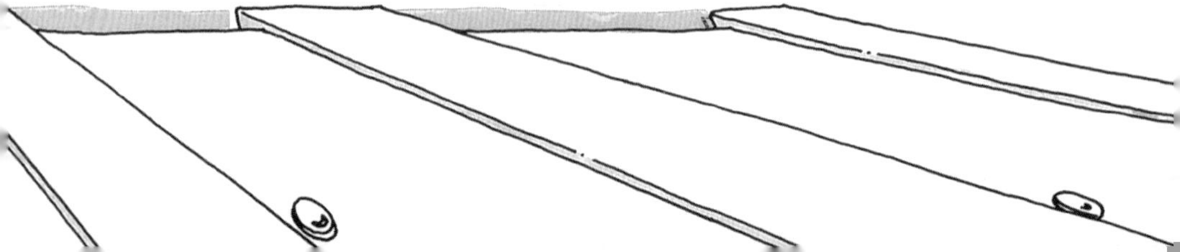

精神百倍的喊出聲來。

是——我

隊長一聽到回應，馬上又喊：

「是誰!!」

然後猛的一踢，

把門踢破了，

緊接著衝進裡面。

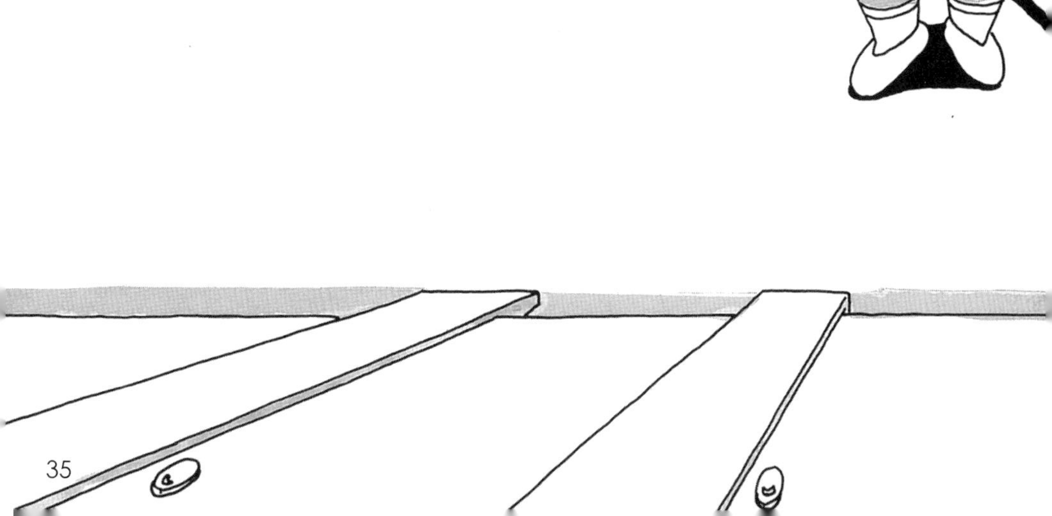

「搞什麼嘛，裡面根本沒有人。
這都是因為大家的心理作用，自己嚇自己，
才會怕得要死。我要照著先前說好的，
在這裡尿尿嘍。」
隊長說著，
突然打開馬桶蓋，
開始唰啦唰啦唰啦，
撒下了
一大泡尿。

正躲在
馬桶裡的
魯豬豬
受不了啦。

「嘿，
你幹麼啦！」

魯豬豬生氣了，
正打算跳出來時，隊長已經尿完了，
並順手按下了馬桶的沖水開關。

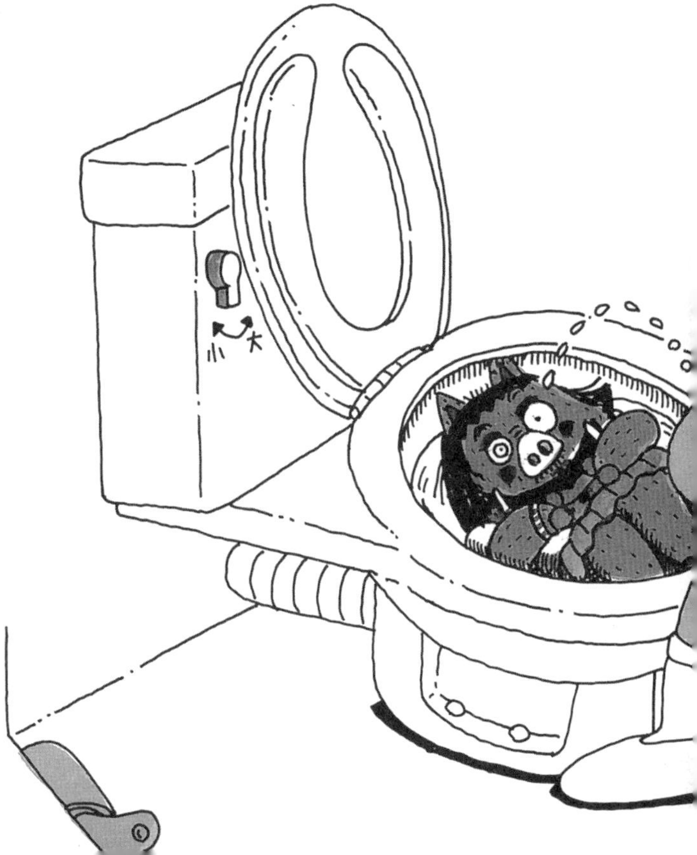

嘩啦！十分猛力的水流，將魯豬豬吸進了馬桶裡。

「嘿，夥伴們，就是現在，花子小姐要跳出來嘍。」

「可是，隊長

已經把她像便便一樣沖走了。」

「酷耶——隊長趕走花子小姐啦，

我一定要去告訴大家這個好消息。」

足球少年精神奕奕的

向教室跑去。

而佐羅力他們想都沒想到

結果竟然會變成這樣，

只好急急忙忙的衝出廁所，

去尋找魯豬豬。

費了好一番功夫，佐羅力他們一群人才從臭烘烘的下水道中，把魯豬豬救了出來。

魯豬豬先生，請你抓住這根竹竿。
唔，臭死了。
明明幸運帶全部都斷掉了，我的運氣怎麼還是這麼差，伊豬豬，你告訴我，怎麼會變這樣啊？真氣人哪。
臭烘烘

憤怒的火焰，
熊熊的燃燒著佐羅力，
讓他腦中閃過一個惡作劇的點子。

哼，本大爺的計畫不但化為泡影，我可愛的小跟班更慘遭這種下場。真是難以原諒！那個可惡的足球隊，給我等著瞧！

不、不、不，你滿身的大便已經改「便」你的運氣！你的願望已經實現囉！

☆這段台詞有點低級，為了不讓你的媽媽看到，請依虛線向後折起來，將它蓋住。

這時，在教室裡——

「我們的足球隊長已經把花子小姐給趕跑了呵。」

「哇——好厲害。」

「真不愧是運動員，好勇敢哪。」

「可是，這麼做，不知道會不會受到花子小姐的報復。」

當班上有人這麼小聲的嘟噥著時，噹噹噹噹、噹噹噹噹……上課鐘聲響了，第一節課要開始了。

乒乒砰砰！

教室的門被很粗魯的打開了，走進來的是——

早安——
我是今天突然接到任務，
前來代課的佐羅另老師，
請多多指教。
接著立刻再向大家報告
一個消息，
和我一起來的，
還有轉學到這班的
新同學。
砰
答答答答答

每個學生都呆呆的張大嘴巴看著——

——踩著急促的腳步，走進教室的，竟然……

是個廁所！

「請大家別驚訝，

這個孩子很害羞，

所以她不敢從廁所裡出來，不過，只要大家一起喊著她的名字，一定能卸下她的心防，讓她肯出來見人。」

老師這麼說著，開始在黑板上，寫下新同學的名字。

厲鬼花子
來。教室裡的各位同學，請大聲的唸出這個名字。
廁所
咦——是花子耶。
可是，她在哭耶。

大家看了黑板上的名字，都覺得有點怕怕的。

然而，廁所卻發出了悲傷的啜泣聲，同學們聽了，都覺得她很可憐，並且唸出黑板上的名字。

「厲鬼花子——」

於是……

「是我——」

回應聲出現的同一時間，廁所的門突然打開了，從裡面跳出了六個花子。

嘻嘻呵呵嘻嘻，中計了！本大爺才不是什麼老師，而是惡作劇天才——怪傑佐羅力!!
本大爺是為了昨天的事來報仇的!!
碰

這些都是從全國各地小學特別遴選、召集而來的河童花子小姐。來吧，去纏住大家吧——

啊，真是太可怕了，

這裡將會成為受到詛咒的教室嗎？

讀者之聲
○因為實在是變裝得太像了，
一直到他現出原形，
我都都沒注意到
佐羅另老師，就是佐羅力。
佐羅力先生果然
太厲害啦。
台北市 小美
像這樣的信件
可是如雪片
般的飛來唷。

然而，這時候，足球隊隊員為了保護同學們，一個個挺身而出。

佐羅力看著花子小姐們被厲害的足球招式攻擊得慘叫連連——

於是，他跳上了講桌大喊：

等等、等等、等——等哪！
你們的足球球技真是厲害呀，要不要和我們來比一場足球賽啊？如果你們贏了，我們馬上離開這裡。
不過，如果我們贏了，這個學校裡所有的廁所，一間間都要變成花子小姐的住處。你們在學校活動的任何時間，都沒辦法去上廁所。

佐羅力一說完，就和同夥們像狂風一樣的消失了。

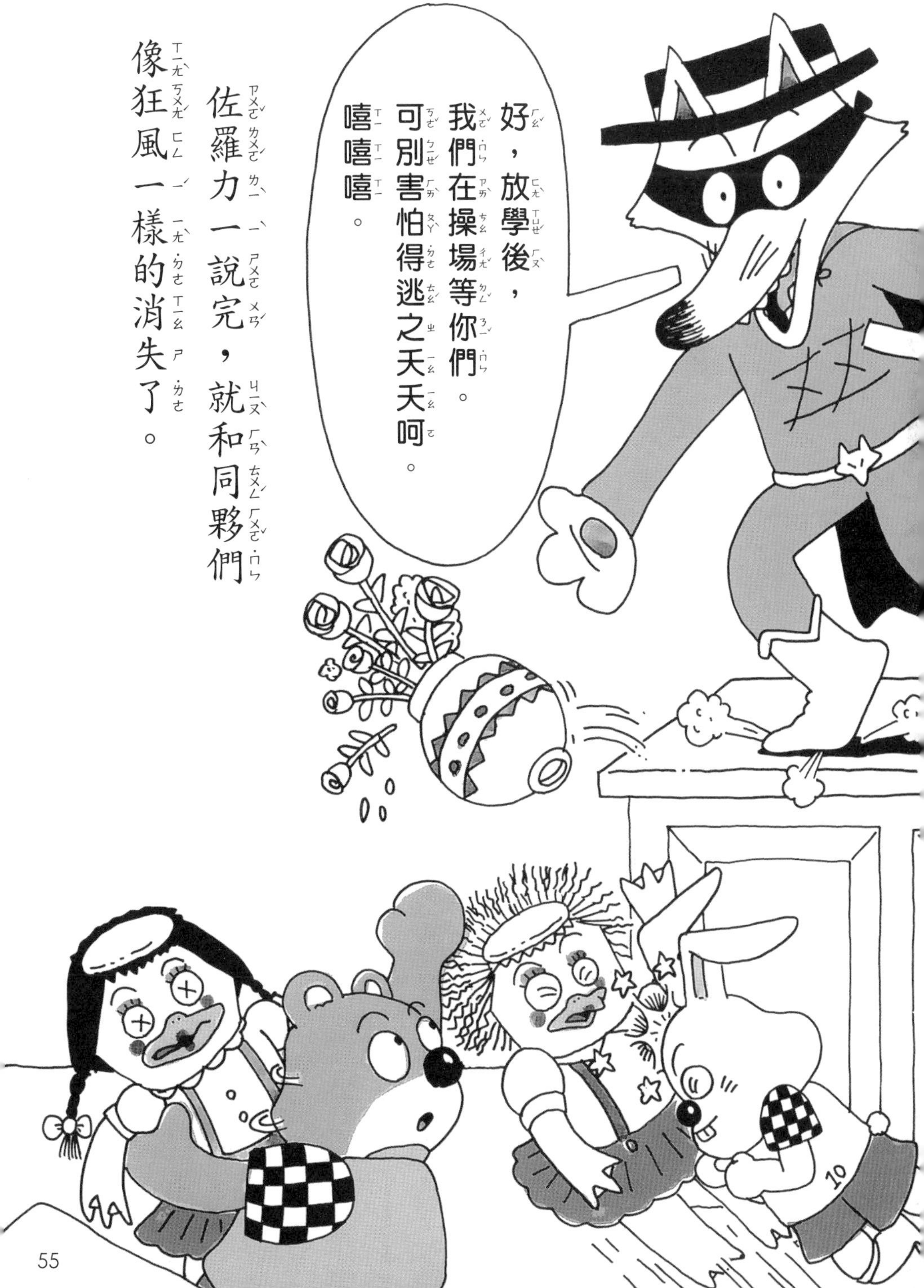
好，我們在操場等你們。可別害怕得逃之夭夭呵。嘻嘻嘻。

來瞧瞧有哪些厲害的成員吧!!

佐羅力他們趁著放學前的時間，找來了很擅長踢足球的兩位妖怪，請他們幫忙組成足球隊。

不用說也知道的
惡作劇天才

怪傑佐羅力

☆他鐵定會想出
可怕的計謀
來把對手
嚇個半死！
聽說他過去
在學生時代，
是很活躍的
足球社成員。

興趣是
蒐集
黃牌

花子小姐軍團 改名為

河童軍團

☆他們都
覺得自己的
頭球是
最厲害的。

姓名 嘩啦啦
姓名 啊啦啦
姓名 嚓啦啦
姓名 啊嚕啦啦
姓名 呀啦啦
姓名 啊啦啦

☆妖怪學校的老師擔任
啦啦隊替大家加油!!

佐羅力足球隊終於成軍了!!

有點透明，
透過他還
能看到
另一邊唷。

○ 由擋擋牆來擔任守門員，連讓一隻蟑螂鑽過去的縫隙也沒有。他是一位能寸步不離守住球門的厲害選手。

特別來賓①

擋擋牆

☆身體半透明、
擅長站在路上張開雙手
擋人去路的
妖怪!!

特別來賓②

大章魚和尚

☆會在夜裡的大海
突然現身
嚇唬漁夫的
妖怪!

啾
啾

○ 有很多腳，可以把球圍在裡面，運球時，不管是誰都沒辦法碰到球!

伊豬豬
魯豬豬

這隻腳的內側有兩隻手，但不說的話，根本沒人曉得。

☆默契十足的雙胞胎兄弟，在球場上協助佐羅力大師。想必一定會很活躍

這是小學生的11人足球隊!!

安東
○跑得很快，就算對手拚命追，也很難追上。
弗萊徹
○少年足球隊的隊長，負責擔任守門員。
拉爾
○擅長傳球給夥伴們。
力諾斯
○雖然體型很小，卻能穿梭在對手的縫隙間，不停的往前運球。
米烏力
○能揮動翅膀往上飛，以超強的力道，演出凌厲的頭球。
卡爾斯
曼葛
魯卡
☆當卡爾斯、曼葛和魯卡三位合力踢出一記球時，將形成威力強大、驚人的「三重踢」。

藍巴斯
時比賽，
沒問題。
喂喂，你們這些人又不是主角，不用介紹得這麼詳細啦。在比賽開始之前，本大爺還有事想說，請仔細聽了。
嘿吼！嘿吼！
巴魯
○擅長跳躍
就算飛得很
的球，也能
得到。
葛魯
技術
雖然

「這本書已經沒剩多少頁了，
要是我們的足球賽比了很久，
還沒比完，故事就到了尾聲，
各位讀者今天晚上一定
睡不著覺的。
所以，先得到1分的隊伍
就算獲勝，
用這樣來一決勝負
沒問題吧？」

「好，我也這麼想。就趁這本書還剩一些頁數時，快比出個高下吧。」

兩位隊長彼此瞪視著對方時，火花也劈里啪啦的四散。

劈里里里里里里——

嗯，久等了，代表比賽開始的笛聲已經響起。

首先展露一記完美傳球和運球的是少年足球隊，真不愧是每天都不斷練習的球隊。而今天才倉卒成軍的佐羅力隊，就完全不是那麼一回事了。

對方以天衣無縫的團隊合作，不停的突圍，

並以凌厲的攻勢，一步一步朝佐羅力他們的球門進逼。

不過，別擔心，佐羅力足球隊擁有很強的守門員——擋擋牆，絲毫沒有讓球進球門的空隙，可說是具有超完美的守備能力。

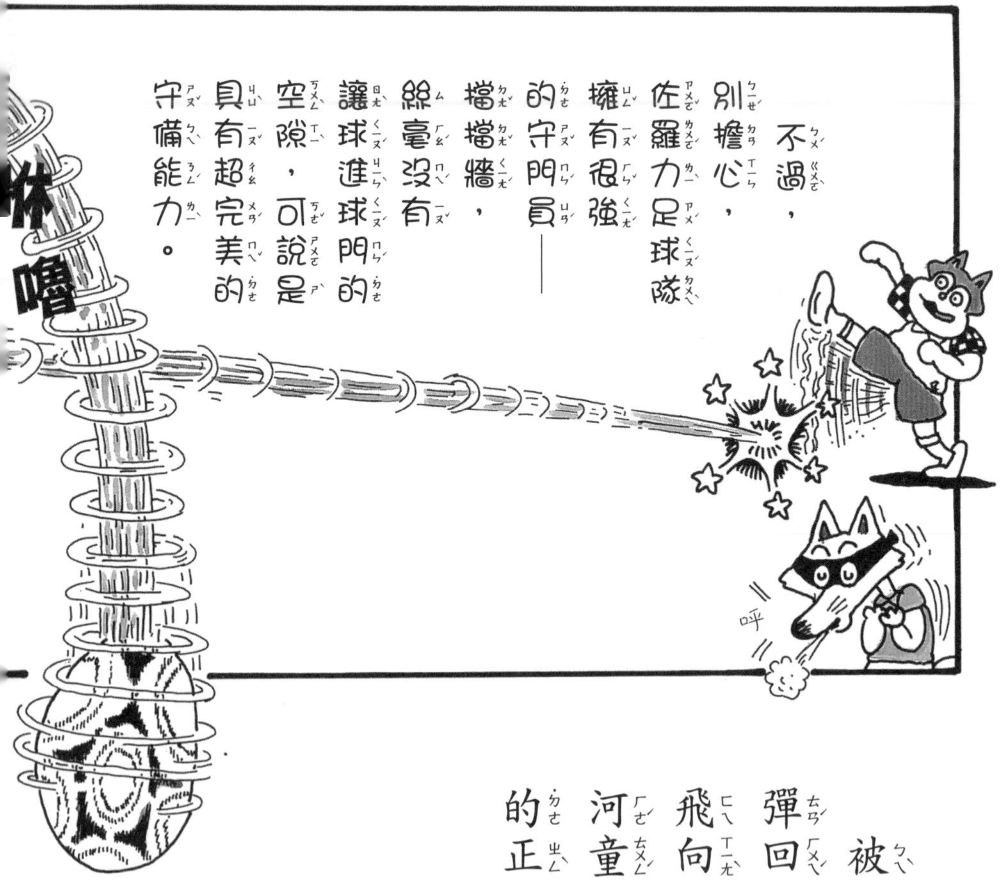

被擋擋牆彈回的球，飛向河童軍團的正中央。

咻嚕
啪

好，我來接！
勝負就看現在了！
我的球呀！
嘿，這正是展開攻擊的好時機!!

每個河童都想展現出最強的頭球，沒想到，結果卻變成這樣。
啪嘰啪嘰啪嘰
他們的腦袋互相撞在一起，腦袋上的盤子都破了。其中，六個河童也因為受傷，只好退場。

正當一團混亂時，大章魚和尚接住了球，用腳護住它。
這麼做，對手就沒有任何機會可以碰到球了。
如果能保持這樣的優勢，將球踢入球門，佐羅力足球隊就獲勝了。
大章魚和尚!!加油!!

但是，
大章魚和尚
快接近球門時，
竟然重重的
摔了一大跤。
砰咚

而且，
大章魚和尚
的腳全部都
纏在一起，
根本解不開，
他就這樣
被擔架
抬著
退場了。

「哎呀呀，怎麼都這麼慘哪！好，伊豬豬、魯豬豬，事到如今，我們三個非得要得分不可啦！」

佐羅力他們硬是讓比賽暫停，並回到球隊休息區討論戰略。

河童軍團正在那裡拚命的
用粘著劑，把腦袋上
裂開的盤子碎片，
像拼拼圖一樣的
黏呀黏。
天才佐羅力
一看到這個景象，

腦袋中閃過一個棒透了的主意。

佐羅力立刻將這個作戰計畫說給伊豬豬和魯豬豬聽，並將河童們使用的粘著劑，厚厚的塗一層在自己的額頭上，然後回到球場。

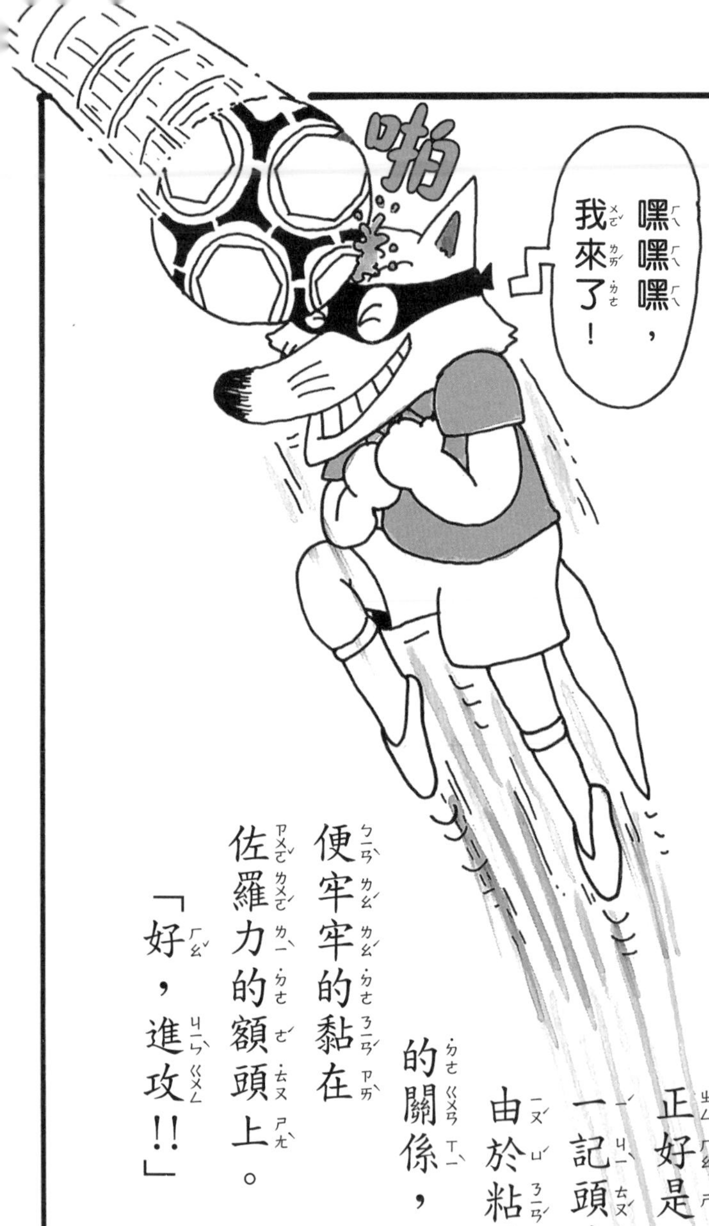

碰——

佐羅力奮力往上一跳，撞到了球，

正好是一記頭球。

由於粘著劑的關係，足球便牢牢的黏在佐羅力的額頭上。

「好，進攻!!」

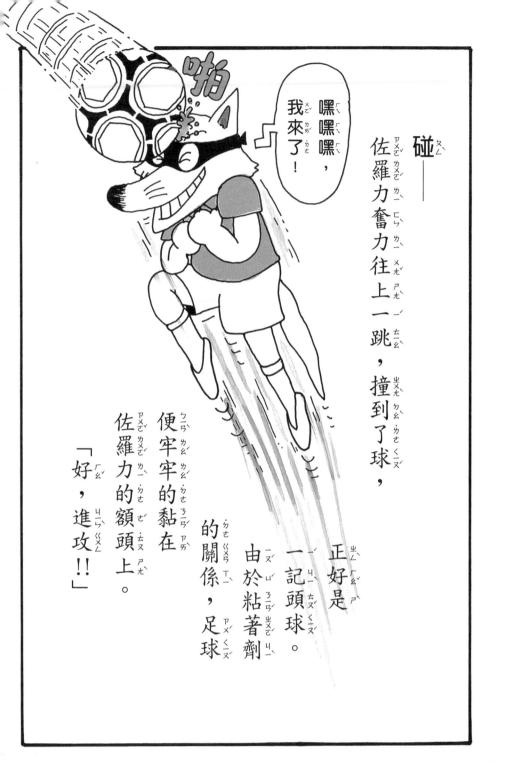

佐羅力跳上了伊豬豬和魯豬豬的肩膀，朝向對手的球門，猛衝過去。
因為手完全沒碰到球，所以這也可以稱作完美的頭球嘍，嘻呵呵呵呵呵。
咯咯咯咯咯咯
豬飛猛進
☆就像山豬朝著敵人以猛烈的攻勢衝過去一樣，簡直是「豬飛猛進」。當然，伊豬豬和魯豬豬本來就是山豬！！

佐羅力他們衝到球門前，
突然轉了個方向，
咻

成功的騙過了守門員。
佐羅力他們已經沒有任何阻礙了。
眼看著佐羅力就要進球得分了……

哇!!
哐
……卻變成這樣

佐羅力的腦袋猛力撞上了球門上的鐵框，和球一起被彈開了。

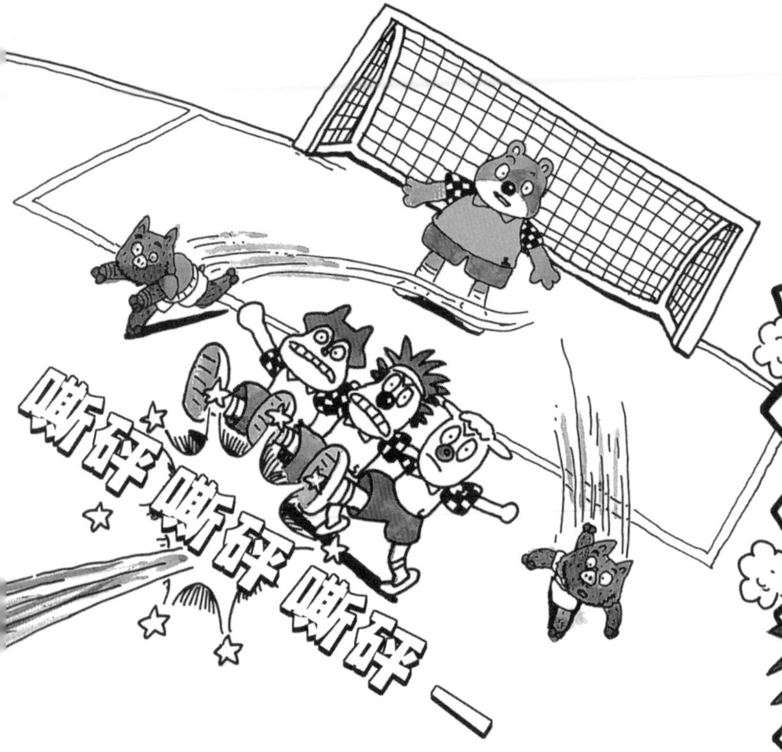

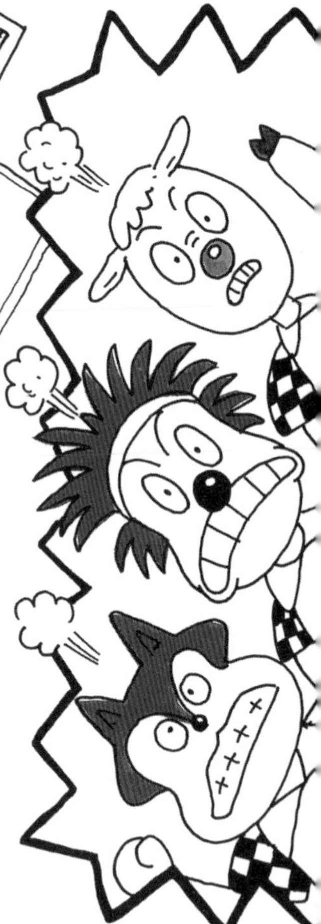

「只會耍詐而已，真是太氣人了。現在就讓他們瞧瞧我們三重踢的厲害！」少年足球隊的三人組

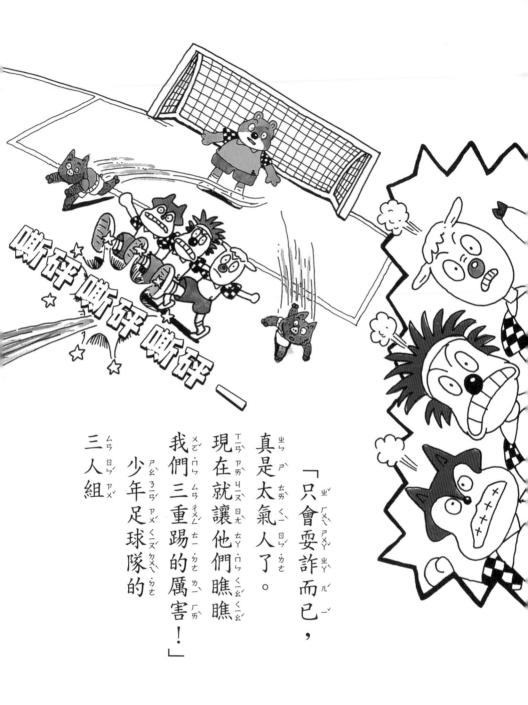

合力
踢出了球，
這下子，
可有得瞧啦。
足球就這樣黏在
佐羅力的額頭上，
以很強的勁道，
朝著佐羅力足球隊
的球門，飛了過去。

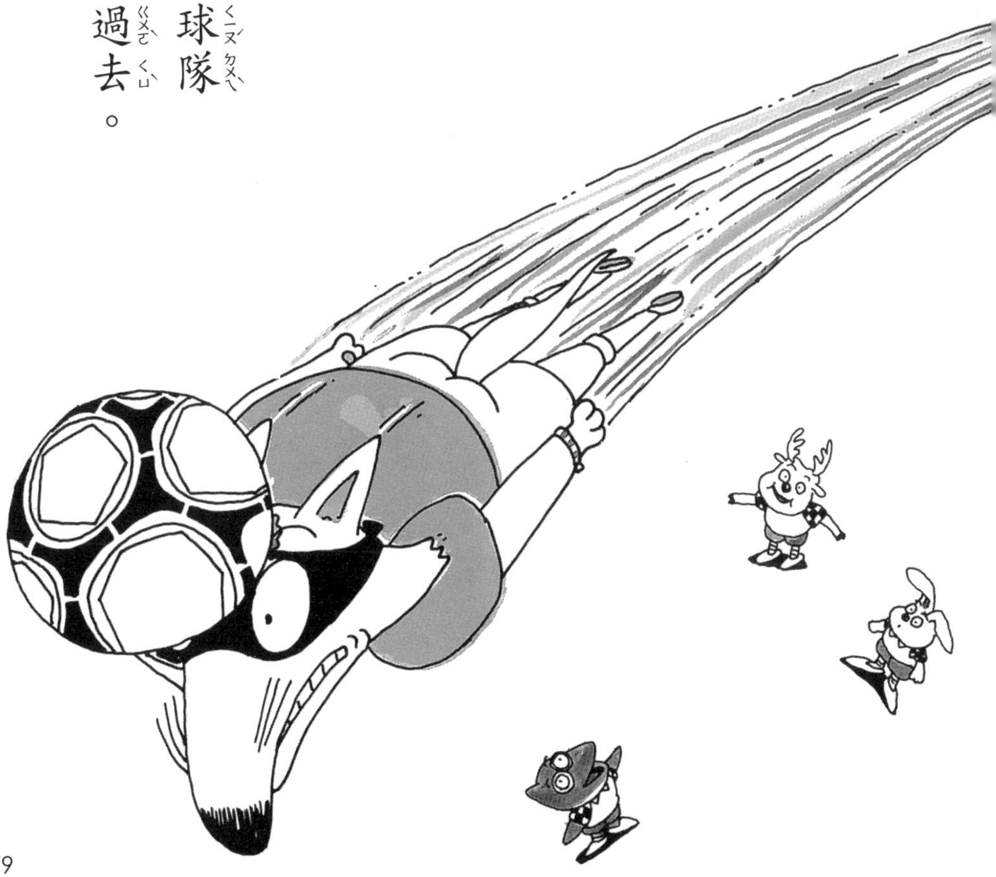

嘶碰——!!

這一踢實在是太強了，佐羅力、球以及擋擋牆全都一起衝破球網，朝山的那邊飛去。

這時，佐羅力聽到自己的幸運帶啪的一聲斷掉了。

啪
幸運帶讓「用頭球射門成功」的願望成真了，可是射中的卻是我們這隊的球門啊——嗚。

「佐羅力大師——您要去哪裡啊——」

「佐羅力大師——等等啊——」

伊豬豬和魯豬豬，還有妖怪學校的學生們，跟在佐羅力和檔檔牆後頭，追出了學校操場。

於是，花子小姐再也沒有出現，這裡就變成了一所非常平靜的小學。

☆三樓廁所從大門數過去的第三間，
自從不再出現花子小姐後，
就成了學生們公認是上起來最舒服自在的廁所，
每到下課，學生們都在門口大排長龍呢。

大家對幸運帶許的願都成真了，只有我，沒半個願望實現，但幸運帶卻都斷光光了。
才不呢，伊豬豬，你不是許了一個「希望幸運帶趕快斷掉」的願望嗎？這個願望就最先實現了呀！

哼，真不甘心！
才差一點就
射門得分了。
我看足球就算了吧。
下回希望有個漂亮的小姐，
接中了本大爺的
「愛的踢踢」，
這樣一來，
天堂的媽媽就能放心了。
這也才是人生中的
重要大事啊——
唉、唉——
好重呵，
怎麼不快點
下來呀。

作者簡介

原裕 Yutaka Hara

一九五三年出生於日本熊本縣，一九七四年獲得KFS創作比賽「講談社兒童圖書獎」，主要作品有《小小的森林》、《手套火箭的宇宙探險》、《寶貝木屐》、《小噗出門買東西》、《我也能變得和爸爸一樣嗎？》、【輕飄飄的巧克力島】系列、【膽小的鬼怪】系列、【菠菜人】系列、【怪傑佐羅力】系列、【鬼怪尤太】系列、【魔法的禮物】系列等。

譯者簡介

周姚萍

兒童文學創作者、童書譯者。著有《日落臺北城》、《臺灣小兵造飛機》、《山城之夏》、《我的名字叫希望》等書，譯有【名偵探】系列等。曾獲金鼎獎優良圖書推薦獎、聯合報讀書人最佳童書獎、幼獅青少年文學獎、九歌年度童話獎、好書大家讀年度好書等獎項。

怪傑佐羅力系列 12

怪傑佐羅力之恐怖足球隊

作者｜原裕
譯者｜周姚萍
責任編輯｜張文婷
特約編輯｜蔡珮瑤
美術設計｜蕭雅慧

天下雜誌群創辦人｜殷允芃
董事長兼執行長｜何琦瑜
兒童產品事業群
副總經理｜林彥傑
總編輯｜林欣靜
主編｜陳毓書
版權主任｜何晨瑋、黃微真

出版者｜親子天下股份有限公司
地址｜台北市 104 建國北路一段 96 號 4 樓
電話｜(02) 2509-2800
傳真｜(02) 2509-2462
網址｜www.parenting.com.tw
讀者服務專線｜(02) 2662-0332
週一～週五：09:00~17:30
讀者服務傳真｜(02) 2662-6048

客服信箱｜parenting@cw.com.tw
法律顧問｜台英國際商務法律事務所・羅明通律師
製版印刷｜中原造像股份有限公司
總經銷｜大和圖書有限公司
電話｜(02) 8990-2588

出版日期｜2011 年 8 月第一版第一次印行
2022 年 10 月第一版第二十次印行
定價｜250 元
書號｜BCKCH025P
ISBN｜978-986-241-298-5（精裝）

訂購服務
親子天下 Shopping｜shopping.parenting.com.tw
海外・大量訂購｜parenting@cw.com.tw
書香花園｜台北市建國北路二段 6 巷 11 號
電話（02）2506-1635
劃撥帳號｜50331356 親子天下股份有限公司

國家圖書館出版品預行編目資料

怪傑佐羅力之恐怖足球隊
原裕 文、圖；周姚萍 譯 --
第一版. -- 台北市：天下雜誌, 2011.08
92 面；14.9x21公分. --（怪傑佐羅力系列；12）
譯自：かいけつゾロリのきょうふのサッカー
ISBN 978-986-241-298-5（精裝）
861.59　　100006378

熱賣25年，狂銷3,300萬本的經典角色

笑到彎腰、幽默破表的
開胃閱讀系列

怪傑佐羅力

連續五年圖書館小學生借閱率前三名

不論遇到什麼困難，佐羅力都絕對不會放棄。我認為懂得運用智慧、度過難關，這種不放棄的精神，是長大進入社會以後最重要的事。

——【怪傑佐羅力】系列作者 **原裕**（Yutaka Hara）

不靠魔法打敗哈利波特的佐羅力

日本朝日新聞社調查幼稚園~國小六年級3,583位小朋友，佐羅力打敗哈利波特，是所有小朋友心目中的最愛！

風靡所有孩子的佐羅力精神

★雖然每次的惡作劇都失敗，卻反而讓佐羅力成為樂於助人的正義之士。
★不管遇到什麼挫折，佐羅力總是抬頭挺胸向前走。
★雖然媽媽不在身邊，卻總是想著媽媽，勇敢面對挑戰，所以佐羅力永遠不會變壞。
★不只故事有趣，藏在書中各處的漫畫、謎題、發明，每次讀都有新發現。

下一本永遠更有趣，讓孩子想一直讀下去

佐羅力雖然很愛惡作劇，卻常常失敗，反而幫助了別人，真是太好笑了！

——台灣・陳稷謙・小三

【佐羅力】系列不僅字體大容易閱讀，還包含很多像漫畫般的插圖，非常適合作為孩子自己閱讀的第一本書。我的孩子是因為看了【佐羅力】，才變得能夠單獨閱讀一本書。

——日本・家長

雖然佐羅力很愛惡作劇，卻很看重朋友，一不小心還會做好事。這點讓女兒覺得很有趣，還讓她聯想到自己與朋友間的關係，甚至產生「佐羅力即使失敗，也會多方思考，絕對不放棄」這樣不怕挫折的想法。

——日本・家長

現在就和佐羅力一起出發！

為了向天國的媽媽證明，自己能夠成為頂天立地的「惡作劇之王」，佐羅力帶著小跟班伊豬豬、魯豬豬，展開充滿歡笑和淚水的修練之旅……

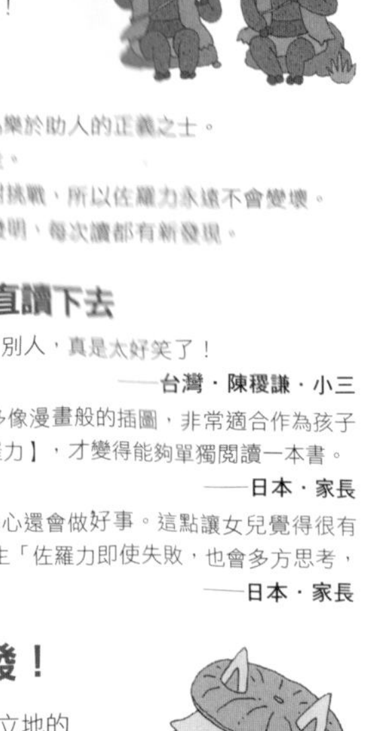

佐羅力

為了讓在天堂的媽媽以他為榮，佐羅力立志成為「惡作劇之王」，勇敢踏上修練之旅。旅途中佐羅力喜歡打抱不平，常有驚人的創意發明，雖然每次惡作劇都以失敗收場，卻陰錯陽差解決難題，搖身變成眾人感謝的正義之士。

伊豬豬、魯豬豬

貪吃的野豬雙胞胎，哥哥伊豬豬右眼和右鼻孔比較大；弟弟魯豬豬左眼和左鼻孔比較大。兩人因為仰慕佐羅力成了小跟班，尊稱佐羅力為大師，卻總是幫倒忙，造成不可收拾的混亂，拖累佐羅力的計畫。

佐羅力的媽媽

溫柔的母親是佐羅力最念念不忘的人，但她在佐羅力小時候就已經去世。由於佐羅力個性迷糊，讓她即使在天堂，卻仍然常常來到人間，關心寶貝兒子的一舉一動，偶而還會偷偷幫助佐羅力，是一位愛子心切的好母親。

佐羅力聯盟公認
明星商品

ZORO LEAGUE

ZORO LEAGUE

佐羅力聯盟的標誌

我想，如果我組成了佐羅力聯盟，這些東西一定會大賣的。

嘻嘻呵呵加油棒

嘻嘻
呵呵
嘻嘻
嘻嘻
呵呵
嘻嘻

☆吹了就會發出佐羅力的專屬笑聲。 380元

溼紙巾幸運帶

☆因為很容易斷，願望也能很快實現。(內有30條)
600元

繪有流行圖案的款式　800元

溼紙巾幸運帶

黃牌卡片機

100元

黃牌

投進100元，可得到5張黃牌，蒐集一堆後，就成了犯規王。

紅牌

運氣好會得到紅牌，累積很多紅牌後，到死也不能參加足球賽。

哪有人會想要這種牌啊？